Otros libros de Hans de Beer en español:

EL OSITO POLAR
AL MAR, AL MAR, OSITO POLAR
EL OSITO POLAR Y SU NUEVA AMIGA

Copyright © 1995 by Nord-Süd Verlag AG, Gossau, Zürich, Switzerland
First published in Switzerland under the title *Kleiner Dodo was spielst du?*
Translation copyright © 1999 by North-South Books Inc.

First Spanish-language edition published in the United States in 1999 by Ediciones
Norte-Sur, an imprint of Nord-Süd Verlag AG, Gossau, Zürich, Switzerland.
Distributed in the United States by North-South Books Inc., New York.

Library of Congress Cataloging-in-Publication Data is available.
ISBN 0-7358-1122-9 (SPANISH PAPERBACK)
1 3 5 7 9 PB 10 8 6 4 2
ISBN 0-7358-1121-0 (SPANISH HARDCOVER)
1 3 5 7 9 HB 10 8 6 4 2
Printed in Belgium

Si desea más información sobre este libro o sobre otras publicaciones de Ediciones
Norte-Sur, visite nuestra página en el World Wide Web: http://www.northsouth.com

Serena Romanelli # EL Hans de Beer

PEQUEÑO
COCO

Traducido por Blanca Rosa Lamas

EDICIONES NORTE-SUR

NEW YORK

En la selva tropical vivía Coco, un pequeño orangután. Allí llovía mucho y, cuando llovía, Coco se aburría tremendamente.

En uno de esos aburridos días de lluvia, mientras miraba cómo las gotas resbalaban por su paraguas, Coco escuchó un ruido atronador. Un camión que cruzaba a toda prisa la vieja carretera de la selva había dejado caer una caja.

Coco corrió a ver qué había dentro de la caja. Primero encontró paja y papel y, más adentro, un estuche negro como una pantera y brillante como una culebra. Al sacudirlo Coco sintió que había algo adentro.

Lo que había era aún más brillante que el estuche, y Coco se atrevió a olerlo. Dio vuelta el estuche y la cosa cayó, haciendo un ruido raro. De un salto Coco se escondió detrás de una mata. Se quedó mirando con atención pero la cosa no se movía ni hacía ningún ruido. Coco tenía un poco de miedo, pero quería saber qué era eso. Levantó con cuidado un palo largo que también se había caído del estuche. Golpeó despacito el palo contra la cosa, luego lo frotó contra las cuerdas y *ising!* Otra vez el extraño ruido.

—¡Qué lindo! —dijo Coco—. A Mamá y a Papá les va a encantar.

A Mamá y a Papá *no* les encantó. Sólo a Coco le gustaba. Jugaba con eso todo el día y hacía tanto ruido que su mamá tuvo que ponerse plátanos en los oídos para ver si se le pasaba el dolor de cabeza. Los hermanos de Coco se tapaban los oídos con lo que podían, y los otros animales se mantuvieron lo más lejos posible de Coco y su ruidoso juguete.

Un día pasó Papá Tapir y se paró un momento para escuchar a Coco. Cuando se fue, tenía una gran sonrisa. Al día siguiente regresó con toda su familia.

Al ver que algo raro pasaba, la mamá de Coco se sacó los plátanos de los oídos para averiguar de qué se trataba. ¡Qué sorpresa! Ella no podía creer lo que oía. Coco estaba haciendo música; una música dulce, hermosa.

Muy pronto el claro de selva que había frente a la casa de Coco se convirtió en una especie de teatro. Los animales que se reunían ahí para escuchar al pequeño orangután gritaban contentos y aplaudían. Una vez, al terminar una magnífica actuación, la señora Leopardo le tiró a Coco una flor.

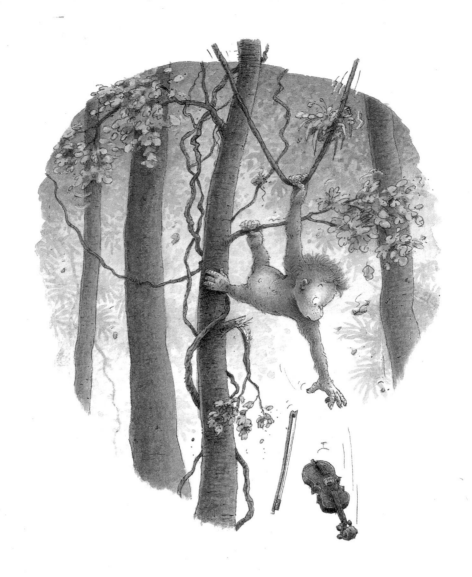

   Coco adoraba la máquina de hacer música y la llevaba con
él a todos lados.

   Un día, mientras Coco trepaba por los árboles, una rama se
rompió. Él alcanzó a agarrarse de una liana, pero su maravilloso
juguete se le escapó de las manos y cayó en medio del río. Coco
bajó del árbol a toda prisa, pero al llegar a la orilla vio que una
inmensa boca quebraba en dos la máquina de hacer música.

   —¡Uff! —se quejó el cocodrilo—. Tiene un gusto horrible,
pero por lo menos tendremos de nuevo silencio y tranquilidad.

   Coco vio cómo la corriente se llevaba los pedazos de madera
brillante. Eso era todo lo que sus ojos llenos de lágrimas le
dejaban ver.

Coco estaba más y más triste cada día. Ya no jugaba con los otros animales. Se pasaba las horas solo y en silencio. Para reanimarlo sus padres le llevaban ricas frutas, pero Coco no probaba bocado.

—Tenemos que hacer algo —dijo Mamá—. Quizás Tío Darwin nos pueda ayudar.

—¡Muy buena idea! —dijo Papá—. Voy a verlo ahora mismo.

Papá volvió con una enorme bolsa sobre sus hombros.

—Otra máquina de hacer música —gritó Coco loco de contento.

En la bolsa había cosas maravillosas, pero ninguna se parecía a la máquina de hacer música de Coco. Al ver cómo sus amigos se divertían con los nuevos juguetes, Coco sintió ganas de llorar.

—Lo siento Coco —dijo Papá—, esto es todo lo que pude encontrar.

—¿Estás seguro que buscaste por todos los rincones? —preguntó Coco—. Si vamos a casa de Tío Darwin yo podría buscar un poquito más.

Al día siguiente, cuando comenzaba a amanecer, Coco y su papá salieron para la casa de Tío Darwin. Mientras caminaban por la selva o se balanceaban de árbol en árbol, Coco veía cosas que jamás había visto: flores extrañas, montañas majestuosas. Cuando cruzaron un río, Coco estaba tan entretenido mirando los reflejos en el agua que casi se olvidó de lo que había pasado con su máquina de hacer música.

—Bienvenidos —dijo Tío Darwin al verlos llegar. El viejo orangután tenía cara de pocos amigos, y Coco decidió esconderse detrás de su padre—. ¿Qué pasó? ¿Al niño no le gustaron los instrumentos musicales?

Papá tocó despacito con el codo a Coco.

—No. Quiero decir sí . . . pero . . . —contestó Coco, y armándose de valor siguió explicando—. En realidad eran muy lindos, pero no eran exactamente lo que se había comido el cocodrilo.

—Bien. Bien —dijo Tío Darwin en un tono que hizo temblar a Coco—. Lo siento mucho, pero le di a tu papá todos los instrumentos que tenía. De todas maneras, ya que has hecho un viaje tan largo, puedes mirar si hay otro por ahí.

Tío Darwin señaló una escalera oscura. Al bajar, Coco se encontró en una cueva con poquísima luz. Cuando sus ojos se acostumbraron a la oscuridad, se vio rodeado por montañas de objetos misteriosos.

—¡Uau! Todo un mundo de . . . —dijo Coco maravillado.

—Exactamente eso; todo un mundo —dijo Tío Darwin que
había bajado detrás de Coco—. Éstas son cosas que fui juntando
por todo el mundo a lo largo de mi vida. Dime Coco, ¿cómo era
tu máquina de hacer música?

Coco hizo un dibujo en el polvo del piso, pero se parecía muy
poco a su máquina de hacer música.

—A ver. ¿Cómo la tocabas? ¿La sacudías o la soplabas?

—La agarraba así y después pasaba el palo . . . —contestó Coco
mientras hacía como que tocaba.

—Un violín —gritó Tío Darwin—. Creo que una vez, hace
mucho tiempo, vi a un hombre tocando un violín. No me acuerdo
muy bien, yo era muy joven. Pero no importa; empecemos a
buscar.

Tío Darwin y Papá buscaban entre las pilas de muebles mientras
Coco, trepado a los lugares más altos, susurraba ". . . violín . . . violín . . ."

De pronto, desde lo alto de un refrigerador, Coco exclamó:

—¡Miren. Miren aquí! —mientras señalaba un estuche negro
como una pantera y brillante como una culebra.

El estuche era tan pesado que tuvieron que bajarlo entre los tres. Papá abrió con cuidado la tapa. Adentro había un violín enorme.

—Un poquito grande para ti —dijo Tío Darwin con una sonrisa.

Coco no contestó. Necesitaba todas sus fuerzas para sostener ese violín. En la cara se le notaba gran preocupación pero, de pronto, dijo sonriendo:

—Ya sé por qué es tan grande. Es una mamá violín. Y si ésta es la madre, por aquí tiene que andar el hijo.

—¿Crees que este violonchelo es una mamá violín? —dijo entre carcajadas Tío Darwin mientras se tropezaba con el refrigerador.

La puerta del refrigerador se abrió, empujando a Tío Darwin sobre una pila de cosas. Al asentarse la nube de polvo, se escuchó un grito de alegría:

—¡Aquí está. Sabía que tenía que estar aquí! —exclamó Coco mientras sacaba del refrigerador un pequeño y hermoso violín. Y comenzó a tocar, entre los aplausos de Papá y Tío Darwin.

Coco agradeció a Tío Darwin una y mil veces, y con su papá inició el regreso a casa cargando el violín con mucho cuidado. Coco no veía la hora de llegar.

Ya cerca de casa, escucharon un ruido increíble. Vieron a Mamá trepada a un árbol con plátanos en los oídos mientras Papá Tapir y su hijo se alejaban a la carrera.

—¿Qué es lo que pasa? —gritó Papá.

—Oh. Nada especial. Empezaron otra vez —dijo apurado Papá Tapir.

En el claro de selva frente a la casa de Coco, sus hermanos y amigos tocaban los instrumentos que había traído Papá. El ruido era espantoso, pero ellos se estaban divirtiendo muchísimo.

El ruido espantoso no duró mucho. Coco y sus amigos pronto aprendieron a tocar juntos una música hermosa. Formaron una banda y, cuando llovía, se juntaban en el claro de la selva para tocar hasta muy entrada la noche. Los animales venían a escucharlos y, a veces, hasta se ponían a bailar.

Algunas noches, cuando ya todos dormían, Coco se trepaba a lo alto de un árbol y daba dulces serenatas bajo la luz de la luna.